KB035853

토드 선장과 우주 탐험

SEOUL, 2018

토드 선장과
우주 탐험

제인 욜런 글 · 브루스 데근 그림 · 박향주 옮김

시공주니어

토드 선장과 우주 탐험

초판 제1쇄 발행일 1998년 11월 20일
개정1판 제1쇄 발행일 2003년 4월 10일
개정2판 제1쇄 발행일 2018년 4월 25일
개정2판 제9쇄 발행일 2022년 3월 20일
글 제인 욜런 그림 브루스 데근 옮김 박향주
발행인 박헌용, 윤호권 발행처 (주)시공사
주소 서울시 성동구 상원1길 22, 6-8층 (우편번호 04779)
대표전화 02-3486-6877 팩스(주문) 02-585-1247
홈페이지 www.sigongsa.com/www.sigongjunior.com

ISBN 978-89-527-8637-1 74840
ISBN 978-89-527-5579-7 (세트)

신기한 이야기를 좋아하는
매클라클런 집안의 어린이들
패티와 밥, 존과 제이미,
그리고 에밀리에게

- 제인 욜런

개구리를 좋아하는 사라에게

- 브루스 데근

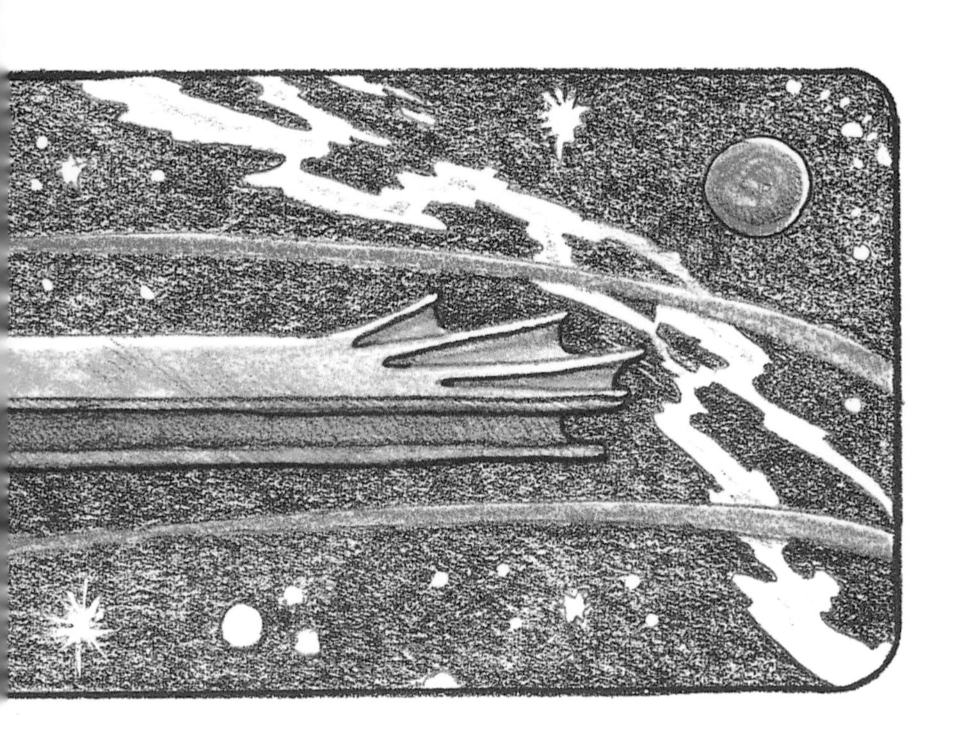

기다란 우주선들이
별무리를 헤치며 날아갑니다.
창 너머로 별 세상이
깜박깜박 눈웃음을 칩니다.
그중에 우주선 하나,
초록색 기다란 우주선이,
커다랗고 힘센 우주선이,
우주를 가로지르며 날아갑니다.

용감하고 지혜로운 선장!
지혜롭고 용감한 선장!
우주에서 가장 용감하고
가장 지혜로운 선장!
그 이름도 위대한
토드 선장!
우주선 이름은
'별똥들의 전쟁'호.
한 번도 가 본 적 없는
새 우주를 찾아라!
새 행성을 발견하라!
은하계를 탐험하라!
지구의 한 줌 흙을
외계로 가져가라!
별똥들의 전쟁호,
그 임무는 막중합니다.

토드 선장을 따르는 대원들은
모두 씩씩하고 용감합니다.
부조종사는
초록색 얼굴의 엄청생각 씨,
생각이 깊고 많고요.
나리꽃같이 화사한 나리 중위,
엔진을 잘 다룹니다.
나리 중위는 큰 기계를 좋아합니다.

우주 항해사는

막내 대원 공중제비,

지도에서 항로를 찾아내지요.

대원들을 이끄는 선장은

용감하고 지혜로운 선장!

지혜롭고 용감한 선장!

그 이름도 위대한 토드 선장!

저게 뭐지?

조종석 화면에

가물가물 이상한 빛이

나타났습니다.

새 행성입니다.

"새 행성을 탐사한다.

전원 착륙 준비!

막내 공중제비만 우주선에 남고,
모두 나를 따르라."
토드 선장이 명령을 내렸습니다.
대원들은 특수복을 입고
총을 차고 착륙 준비를 했지요.
"만일에 대비하여……."
토드 선장의 말에,
나리 중위가 싱긋 웃었습니다.
대원들 중에서 총 쏘는 솜씨가
가장 뛰어나기 때문이지요.

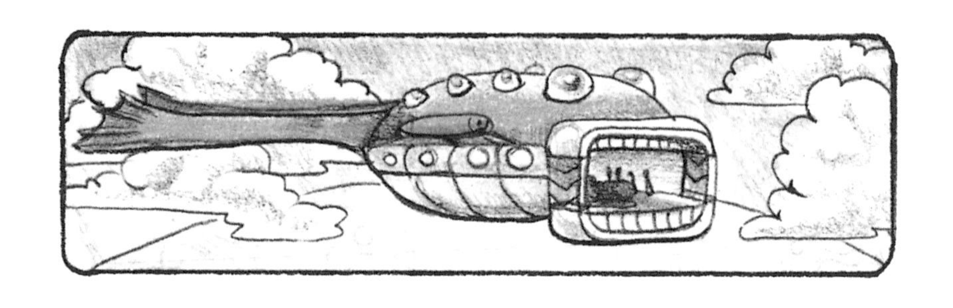

토드 선장과 대원들,
새로운 행성으로
내려가려고
작은 탐사선에
올랐습니다.
"잠깐만요!"
막내 공중제비가
폴짝폴짝 뛰어와 보고했습니다.
"조사 결과가
막 나왔습니다.
이 행성은 온통
물로 덮여 있어서
착륙할 곳이 없답니다."

그러자 엄청생각 씨,
고개를 절레절레 흔들더니
손으로 턱을 괴고, 눈을 감고,
곰곰이 생각에 잠겼습니다.
나리 중위의 얼굴도
그만 일그러졌습니다.
그러나 토드 선장,
이럴 땐 어떻게 해야 하는지
이미 알고 있었습니다.

위대한 토드 선장,

창고로 달려가

넓적하고 푹신한

초록색 물건을 가져와

바닥에 펼쳐 놓았습니다.

“그게 뭐예요?”

공중제비가 물었습니다.

“바람을 넣으면 물에 뜨는

나리꽃 자리일세.”

토드 선장이 대답했습니다.

"바로 그거예요."

나리 중위의 표정이 밝아졌어요.

엄청생각 씨도 곧 눈을 떴지요.

대원들은 나리꽃 자리를 탐사선에 싣고

공기 펌프도 실었습니다.

토드 선장이 마지막으로

탐사선에 올랐습니다.

우주선에서 출발한

탐사선은

가벼운 솜털처럼

바람에 실린 깃털처럼

사뿐히 내려와

물로 덮인 행성 위를

빙빙 맴돌았습니다.

"나리 중위!
나리꽃 자리를 물 위로 떨어뜨리고
먼저 내려가게.
나리꽃 자리 위의 나리 중위라,
꽤 잘 어울리는군.
하하하!"
토드 선장이 큰 소리로 웃었습니다.

나리 중위가 탐사선의 문을 열고
나리꽃 자리를 떨어뜨렸습니다.
자리는 두둥실 바람을 타고
천천히,
사뿐히 내려가
퐁당!
물 위에 내려앉았습니다.

엄청생각 씨가 밧줄을 내렸습니다.
몸이 가장 가벼운 나리 중위,
공기 펌프를 등에 멘 채,
밧줄을 타고 아래로 내려갔습니다.
밧줄 끝에 다다른 나리 중위,
두 다리를 밧줄에 감고
거꾸로 매달렸습니다.
그러고는 공기 펌프로
나리꽃 자리에 바람을
채우기 시작했습니다.
한 번, 두 번, 세 번…….
나리꽃 자리가
베개처럼
점점 부풀었지요.

나리 중위,

나리꽃 자리 위로 뛰어내려

시험 삼아 두 발을

힘껏 굴러 보았습니다.

나리꽃 자리가 이리저리 흔들리며

작은 물결을 일으켰습니다.

그러나 가라앉지는 않았습니다.

위대한 토드 선장,

나리꽃 자리 위에

탐사선을 착륙시키고

흔들리지 않게 균형을 잡았습니다.

엄청생각 씨가 탐사선에서 내려
주변을 둘러보았습니다.
용감하고 지혜로운 선장,
지혜롭고 용감한 선장,
그 이름도 위대한 토드 선장은
맨 마지막에 내렸습니다.

초록색 얼굴을 한
엄청생각 씨,
눈을 지그시 감고
조용히 생각에 잠겼습니다.
나리꽃 같은 나리 중위,
나리꽃 자리 끝에 앉아
물속에 두 발을 담그고
편안하게 쉬었습니다.
그러나 토드 선장은
느긋할 새가 없습니다.
한 손을 귀에 대고
귀를 기울였습니다.

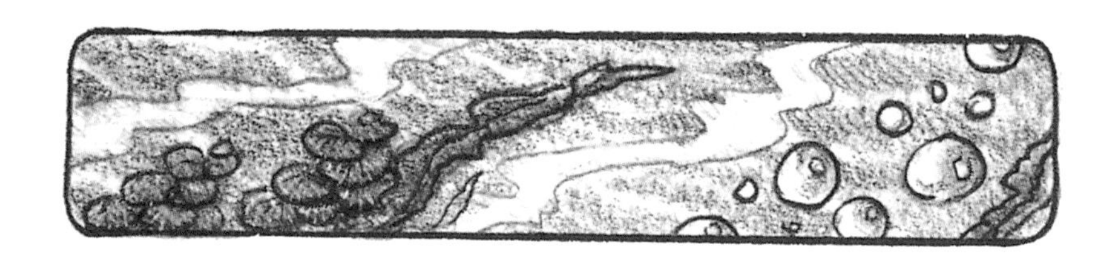

엄청생각 씨도, 나리 중위도
토드 선장을 따라
귀를 기울였습니다.

저 깊은 물속에서
낮고 성난 소리가
작게 들려왔습니다.
처음에는
'붕붕'
벌 소리 같았습니다.
잠시 뒤에는
'부르릉부르릉'
엔진 소리 같았습니다.
시간이 더 흐른 뒤에는
'으드득 딱딱 크악!'
큰 짐승이 이빨을 부딪치며
으르렁거리는 소리 같았습니다.
그러더니 곧 괴상한 소리가
들려왔습니다.
"나는 수중마왕,
이 별의 주인이다!"

나리꽃 자리 바로 옆에서
물거품이 펑펑 폭탄처럼 터졌습니다.
으르렁 소리가 점점 크게,
점점 가까이 들려왔습니다.
으르렁 소리는 파도가 거세게
출렁이는 곳에서 터져 나왔습니다.

바로 그때, 수중마왕이
물 밖으로 불쑥 솟아올랐습니다.
시커먼 것이, 허연 것이,
칙칙한 것이, 희멀건 것이,
온갖 색이 다 섞인 것이,
아무 색도 아닌 것이,
머리끝까지 화가 나 있었습니다.

수중마왕은 이빨을 딱딱 부딪치다가
무시무시하게 으르렁대며
공중으로 솟구쳐 오르더니
출렁이는 파도 속으로 사라졌습니다.

바다는 다시 잔잔해졌습니다.
너무나 조용했습니다.
갑자기 조용해지자,
오히려 더 무서웠습니다.
수중마왕이 사라지고
고요함이 공포로 다가오자,
엄청생각 씨가 걱정했습니다.
"그 괴물이 곧 다시 나타날 것 같아."

토드 선장과 나리 중위는
엄청생각 씨의 말을
귀담아들었습니다.
엄청생각 씨가
아주 오랫동안, 아주 골똘히
생각하고 한 말은
거의 틀린 적이 없었으니까요.
토드 선장과 대원들은 모두
조용히 귀를 기울였습니다.
고요함을 뚫고 또다시
'붕붕, 부르릉부르릉, 으드득 딱딱 크악!'
사나운 소리가
가까이 들려왔습니다.
나리 중위가 몸을 낮추고
으르렁 소리가 들리는 곳을 향해
총을 겨누었습니다.

부글부글 거품이 일면서
파도 틈으로 으르렁 소리가 터져 나왔습니다.
곧이어 수중마왕이
파도를 가르며 솟아올랐습니다.

수중마왕은 솟구쳐 오르며
천둥처럼 고함을 질렀습니다.
"감히 내 별에 들어오다니, 어떤 놈들이냐?"
나리 중위가 수중마왕에게 총을 쏘았습니다.

수중마왕은 시커먼 가죽에
총을 맞았습니다.
허연 가죽에도 총을 맞고,
아무 색도 아닌 가죽에도
총을 맞았습니다.
그러나 괴물은 간지럽다는 듯이
키득키득 웃기만 했습니다.
웃음소리는 고함 소리보다
더 소름 끼쳤습니다.

수중마왕이 텀벙 소리를 내며
물 위로 벌렁 나자빠지자
엄청난 파도가 일었습니다.
나리꽃 자리가
공중으로 튀어 올라
뒤집힐 뻔했습니다.
나리 중위와 엄청생각 씨와 토드 선장은
있는 힘껏 나리꽃 자리를 붙잡았습니다.

그러나 아뿔싸!
탐사선이 미끄러져
물속으로 풍덩 빠지더니
서서히 물 밑으로
가라앉았습니다.

"안 돼! 이제 어떻게 돌아가지?"

나리 중위가 소리쳤습니다.

엄청생각 씨는 좋은 방법을 생각해 내려고

다시 눈을 감았습니다.

수중마왕은 물 위에 느긋하게 누운 채
나리꽃 자리 쪽으로 헤엄쳐 왔습니다.
나리꽃 자리는 연못에 떨어진
잘 익은 사과처럼
동동 떠 있었습니다.

수중마왕이 이빨을 딱딱 부딪치며
입을 벌렸다 다물었다 할 때마다
파도가 일었습니다.
"저놈은 총에 맞아도 끄떡없어요.
어떻게 하죠?
엄청생각 씨, 잘 좀 생각해 보세요."
나리 중위가 걱정스러운 듯
엄청생각 씨에게 닦달했지만,
엄청생각 씨는 아무 생각도
할 수 없었어요.
파도가 너무 심해서
멀미가 났거든요.

괴물은 점점 가까이 다가왔습니다.

씩씩 숨소리가,

으르렁 소리가,

딱딱 이빨 부딪치는 소리가

점점 더 가까이에서 들렸습니다.

나리꽃 자리가 이리저리 흔들렸습니다.

바로 그때,

토드 선장이 벌떡 일어섰습니다.

그 이름도 위대한

토드 선장,

넘어지지 않도록

두 다리를 쫙 벌리고 서서는

주머니에서 성냥을 꺼내더니 말했습니다.

"지금부터 마술을 보여 주지."

엄청생각 씨가 눈을 뜨고 한숨을 쉬었습니다.
나리 중위는 토드 선장을 말렸습니다.
"선장님, 그만두세요.
총을 쏘아도 소용없고,
엄청생각 씨도 좋은 방법을
생각해 내지 못하는데,
작은 성냥이 무슨 소용 있겠어요?"
"중위는 계속 수중마왕의 관심을 끌도록!
나머지는 내게 맡겨."
토드 선장이 명령했습니다.

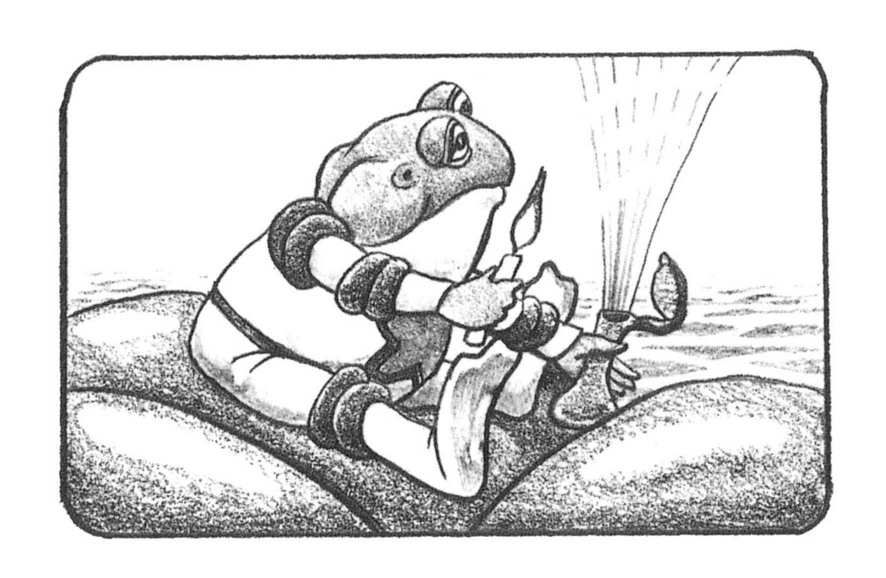

토드 선장은 작은 초를 꺼내
성냥으로 불을 붙이며 말했습니다.
"나는 생일 파티나 비상사태에 대비해
항상 초를 갖고 다닌다네."
토드 선장이
나리꽃 자리의 공기 마개를
쏙 뽑았습니다.
'쉬익 쉭 쉭…….'
처음에는 바람이 세차게 뿜어져 나왔지만,
점점 약해졌습니다.

토드 선장이
촛불을 공기구멍에
가까이 갖다 댔습니다.
불꽃이 바람에 흔들려 깜박거렸지만,
꺼지지는 않았습니다.
"이 초는 바람이 아무리 불어도
꺼지지 않는 특수 초라네."
토드 선장이 설명했습니다.
곧 촛불에 데워진 따뜻한 공기가
나리꽃 자리를 채우기 시작했습니다.

엄청생각 씨, 토드 선장이 뭘 하려는지
나리 중위보다 먼저 알아차렸습니다.
"제가 수중마왕의 관심을 끌어 볼게요.
수수께끼를 싫어하는 괴물은
아마 없을 거예요."
엄청생각 씨, 이렇게 말하고는
뒤돌아서서 두 손을 마구 내저었습니다.
"수중마왕님! 괴물 나리!
수수께끼를 낼 테니 풀어 보세요.
수중마왕님을 위해 특별히 준비한 겁니다."
엄청생각 씨가 소리 높여 말했습니다.

수중마왕은 지금까지
자기만을 위해 준비된 수수께끼를
한번도 풀어 본 적이 없었습니다.
누가 감히 수수께끼를 낼 수 있었겠어요?
수중마왕은 조용히 들을 준비를 했습니다.

"괴물이 가장 좋아하는 발레는?"

엄청생각 씨가 물었습니다.

"백-수-의 호-수!"

수중마왕이 입을 쩍 벌리고

큰 소리로 대답했습니다.

그러더니 더 가까이 헤엄쳐 왔습니다.

아무래도 수중마왕은 수수께끼를

별로 좋아하지 않는 것 같았습니다.

"계속해서 관심을 끌어야 해."

토드 선장은 속삭이며

다른 초에 불을 붙였습니다.

그러고는 나리꽃 자리 속으로

더운 공기를 계속 불어 넣었습니다.

나리 중위는 한때, 〈별똥 전쟁과 평화〉라는
뮤지컬을 공연한 적이 있었습니다.
나리 중위가 그때 불렀던
노래를 부르기 시작했습니다.
수중마왕도 나리 중위의 노래를
따라 부르기 시작했습니다.
수중마왕의 노랫소리는 으르렁 소리보다
훨씬 더 으스스했습니다.

토드 선장은 세 번째 초에
불을 붙였습니다.
고무로 된 나리꽃 자리는
크게, 더 크게,
점점 더 크게 부풀어 올라
마침내 하늘을 날 수 있게 되었습니다.
나리꽃 자리는
조금씩, 조금씩,
서서히 떠오르더니
완전히 공중으로 떠올랐습니다.

"난 수수께끼가 싫어.
노래도 싫어.
너희를 점심으로 먹어야겠다."
수중마왕이 으르렁거렸습니다.
바로 그때, 토드 선장이 소리쳤습니다.
"이제 됐어, 출발!"
토드 선장은 두 발을 공중으로 내뻗어
물장구치듯 재빠르게 움직였습니다.
나리 중위와 엄청생각 씨도
토드 선장처럼
두 발을 재빨리 내저었습니다.

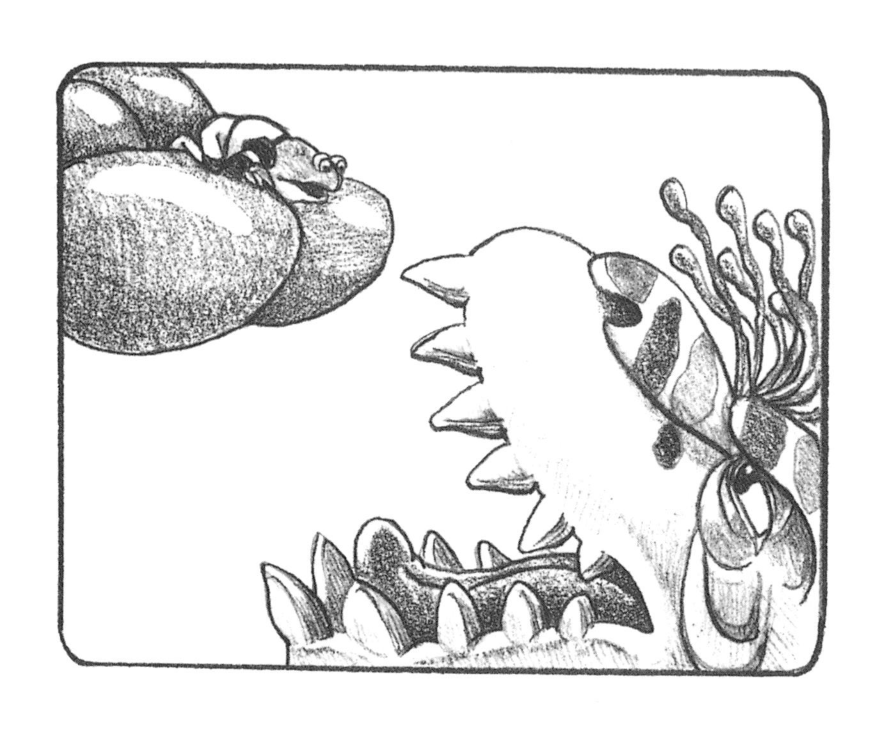

나리꽃 자리는
점점 빨리, 점점 높이
공중으로 떠올랐습니다.
수중마왕은 점심거리가 날아가는 것을
안타깝게 쳐다만 보았지요.
수중마왕은 목을 길게 쭉 빼고
입맛을 쩝쩝 다셨지만
때는 이미 늦은 뒤였습니다.

토드 선장은
나리꽃 자리 밖으로
고개를 쑥 내밀고,
입을 쩍 벌리고 있는
수중마왕을 향해 소리쳤습니다.
"괴물아, 나 잡아 봐라!"
"언젠가는 꼭 잡아먹고야 말 테다!"
괴물은 으드득 이빨을 갈았지만,
나리꽃 자리를 잡을 수는 없었습니다.

"힘들어도 계속 발을 움직여야 해."
나리 중위와 엄청생각 씨는
서로서로 힘을 북돋웠습니다.
하나, 둘! 하나, 둘! 영차! 영차!
두 발을 힘껏 저을 때마다
나리꽃 자리는 높이높이 떠올랐습니다.
모두들 서로를 바라보았습니다.
"이제 거의 다 왔어."
엄청생각 씨가 말했습니다.
"그래, 조금만 더 힘을 내."
토드 선장이 맞장구쳤습니다.
"지혜롭고 용감한 무적의 우주 용사들이
도망이나 치다니, 이것 참."
나리 중위가 투덜거렸습니다.

"용감한 것도 좋지만
괴물의 먹이가 될 필요는 없어."
엄청생각 씨가 말했습니다.
"무서울 때는 피할 줄도 알아야 해.
피할 줄 모르면 아무리 용감해도 소용없어."
토드 선장이 말했습니다.
"맞아요. 저도 무서웠어요."
나리 중위가 맞장구쳤어요.
"어쨌든 매우 용감했어."
토드 선장이 나리 중위를 칭찬했습니다.

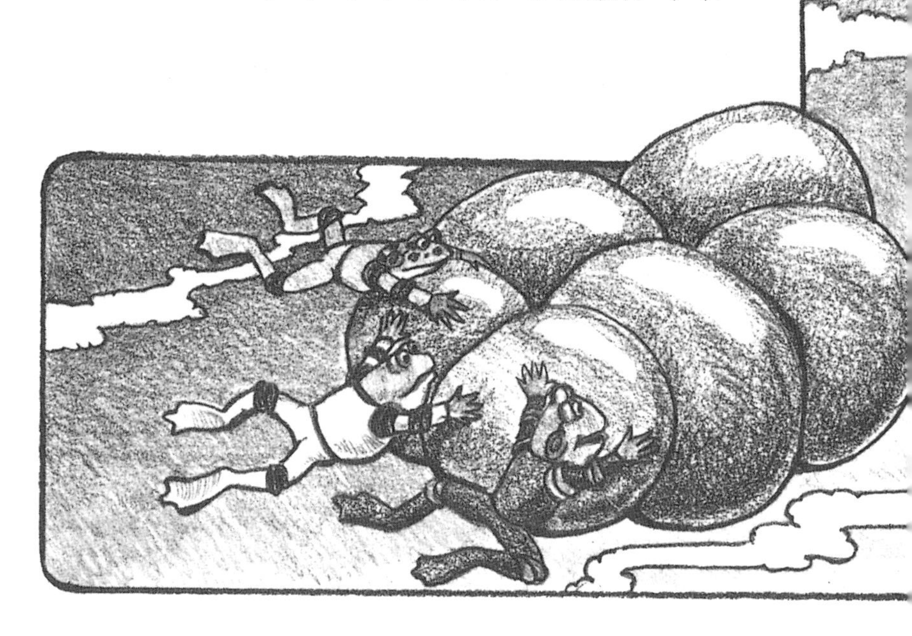

"자, 조금만 더 힘을 내."

엄청생각 씨가 말했습니다.

모두들 열심히 발을 저었습니다.

마침내 나리꽃 자리가

우주선까지 떠올랐습니다.

공중제비가 그들을

우주선 안으로 끌어 올렸습니다.

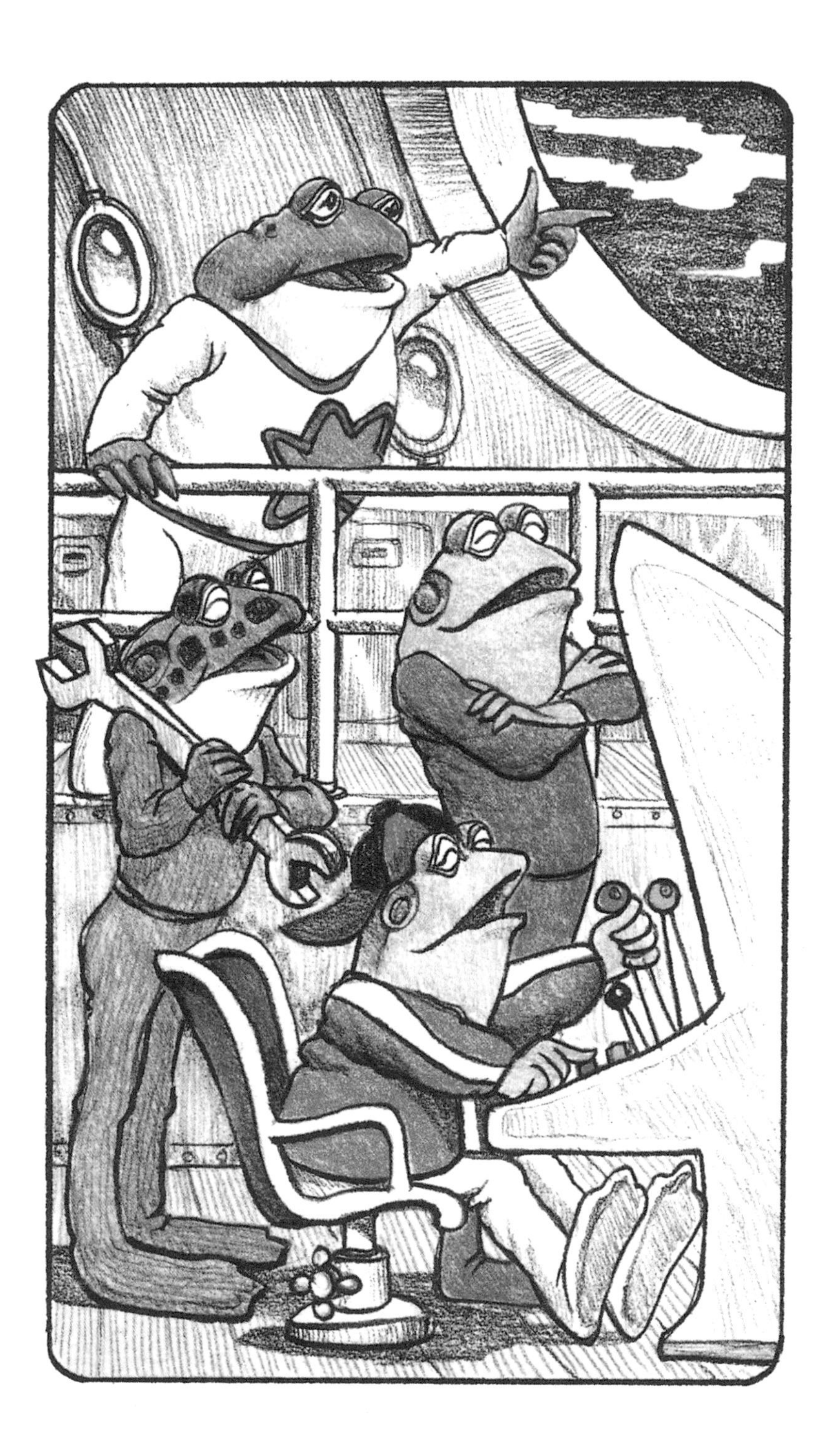

우주선이 다시 출발합니다.
용감하고 지혜로운 선장,
지혜롭고 용감한 선장,
그 이름도 위대한 토드 선장은
씩씩하고 용감한 대원들과
별똥들의 전쟁호를 몰고
폴짝폴짝
드넓은 우주로 나아갑니다.
"새 행성을 찾아서, 앞으로!"
토드 선장이 명령을 내립니다.
"도망칠 필요 없는 안전한 곳으로!"
엄청생각 씨도 한마디 덧붙입니다.
하하하! 모두들 즐겁게 웃었습니다.

토드 선장과 대원들은
이 별에서 저 별로,
저 별에서 또 다른 별로
드넓은 은하계를
폴짝폴짝 누비고 다닙니다.